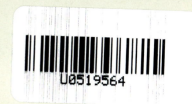

湘西纪

孤独是多数人的事

文西 著

四川文艺出版社

图书在版编目（CIP）数据

湘西纪/文西著：—成都：四川文艺出版社，2017.4
ISBN 978-7-5411-4644-2

Ⅰ.①湘…　Ⅱ.①文…　Ⅲ.①诗集—中国—当代　Ⅳ.①I227

中国版本图书馆 CIP 数据核字（2017）第 068761 号

XIANG XI JI
湘西纪
文西　著

责任编辑　程　川　卢亚兵
封面设计　刘　亮
内文设计　史小燕
责任校对　王　冉
责任印制　周　奇

出版发行　四川文艺出版社（成都市槐树街 2 号）
网　　址　www.scwys.com
电　　话　028-86259287（发行部）　028-86259303（编辑部）
传　　真　028-86259306

邮购地址　成都市槐树街 2 号四川文艺出版社邮购部　610031
排　　版　四川胜翔数码印务设计有限公司
印　　刷　成都勤德印务有限公司
成品尺寸　142 mm×210 mm　1/32
印　　张　5.5　　字　　数　110 千
版　　次　2017 年 8 月第一版　　印　　次　2017 年 8 月第一次印刷
书　　号　ISBN 978-7-5411-4644-2
定　　价　28.00 元

献给 L

目　录

卷一

卷二

卷三

卷四

卷五

卷一

海滨墓园

Ⅰ

所有人都走了
所有人都睡了
所有人都已经死亡

我坐了 4 小时火车，4 小时飞机，47 分钟高铁
我一个人来到这里，扔掉了鞋子
只有上帝看见我的脚在石头上流血
族类的骨头和刺在星辰下闪耀

天亮前不会有事情发生
现在，请在这片空旷的墓园里
倾听比我们的呼吸更古老的声音

Ⅱ

我捉到的每条鱼都不会说话

我幻想能有一条会说话的鱼
她的尾巴很长，乳房丰满，头发是蓝色的
她有七情六欲，一不小心就
爱上了渔村的穷小伙

爱情从来都是悲剧
他们应该分开
或者其中一个先死
男人给会说话的鱼造了一尊雕塑
当太阳照在她脸上的时候
你牵着子孙从传说里走过

Ⅲ

这个东北男人从没到过南方
他在沙滩上开烧烤店很多年了
还卖冷面，他说："全国只有我卖的冷面是用冰碗装的。"
"冰碗怎么做的？"我问
他守着秘方，就像拿刀守着自己的阵地

年轻包租婆，小巧的女孩，大表哥

卖比基尼的大叔，渔具店老板，的士司机，不会用微信的老头
他们在寒冷中做梦，吃饭，上班和游泳

大飞蟹在秋天怀孕
蛏子从手掌下爬过
恶心的海蚯蚓会被抓去当饵食

所有脚印都留在雪地上
不会远离故乡

Ⅳ

小海蜇一漂上岸就死了
它们生前跟你舌头一样柔软
摸着你手臂，我就想做梦

三年前，我跟同学借了 2000 块钱
铁路被暴雨冲塌了
我抱着玫瑰穿过黑夜
那时我们都很自私，不会保护黑夜里的秘密
“你长大我也老了。”昨天你给我发信息说

我看见我自己如这些古老的船锚一样遭人遗忘[①]

涨潮时，海上废弃的那条船就被淹没

有人来钓海鲶鱼

有人来撒网

有人来看盐粒在甲板上生锈

我不会告诉他们，你还在我身体里

而身体以外的事物，都将被时间吃干净

① 聂鲁达《我在这里爱你》中的诗句。

七月神木

去神木
满眼青山就被黄沙淹没
去神木
满眼绿水就被石头填满

这里曾有金戈铁马，有号角
现在只有风横扫荒野
只有奄奄一息的河流在城中穿梭

作为外乡人
我不知道这里的传说
也看不见烈日下神的影子
谁带着爱去异乡
谁就要承受另一种孤独

在庙会上
我看见一只华南虎
它在铁笼里举步维艰

它抬眼时，我们的目光相遇

闪电交织的一瞬

我们各自有多少东西渴望倾诉？

关于爱

我曾到过那个北边的小城
汽车停靠凌晨一点，他站在人群外
招手，像个陌生人
他说，我们一块儿去看成吉思汗陵
嘴角仍然稚气未脱，只凭这点
他绝对是个诗人，突然就想
跟他浪迹天涯，哪怕消失在不知名的地方

那是去年发生的事情
青春只是一片飘落的羽毛
如今我却在长沙忏悔，依偎着
有点悲悯的词语，我的
眼睛，书本，椅子，窗帘都还在原地
我喜欢过的男孩，以及拥抱亲吻都风一样散去
唯有光影在监狱里漫长等待

你所不在的孤独

雪落在门外的鸟巢上
而你不在
我燃了一炉大火
而你不在

二十个春秋
我在火边喝奶，发育，羽翼丰满
我在火边睡去又醒来
你都不在

远方的山岗被吹得发白
我坐在北方的风口
写故事，喝水，吃饭，为你祈福
爱情的秘密飘散在风里
有一天，你变成一颗松果，我是老太婆
万物凋零，你在寒冷中摇晃
我的眼睛一点点瞎掉
只能听见尘世间最后的寂静

鱼　刺

吃鱼时小心翼翼

还是被一根鱼刺卡住

如同爱上你，一不小心就掉入陷阱

你成为一根鱼刺

狠毒地扎进我的咽喉

吞下它，我就利刃穿心

拔出它，我的骨架就轰然倒塌

手

你坐火车去见一个男人

你坐火车去见一个你爱的男人

你坐火车去见一个不知道是否爱你的男人

你把自己洗干净，像呈上去一盘贡品

你的手滑向床沿，他的手抓住

你手腕，从手腕移到手掌

你手掌反转抓住他手掌，从手掌

移到手腕，停住

这时你感到皮肤与心脏都在打开

如同瓶子倾倒蜂蜜

喂养这只手

等你老了

等你老了
需要一束阳光照亮眼睛
两片白云温暖双手
三棵青草装饰白发
还要雨水湿润嘴唇

等你老了
就建立一个理想国
那时你已放下理想
酒瓶是空的，里面装满星星
人在茶凉，一生的温度难以把握

我带着一把锄头
带来了一粒苹果核
在你的花园挖一个坑
把苹果核种下去
同时我们的爱恨也一笔勾销

树还没有长大

但你已经老了

我推着你的轮椅走进花园

看你孩子样脱掉衣裤

我也露出下垂的乳房

我们彼此打量

像第一次面对裸体

等你长大了

多年后
我只剩下一双眼睛
积满水，积满风雪
我的白马王子骑马离开了
带走了尘世间最后的童话

我坐在空空的房子里
看见窗外的玫瑰在开

在死亡以前，你白发苍苍
躺在病床上也有风度
在衰老以前，你是绝代美男
给你写诗，写到我江郎才尽
在年轻以前，你还是一个孩子
在青青的草地上放风筝
而我是一片云，一滴水
等你长大了，就悄悄降生

等你死了

亲爱的，等你死了
我就提一壶酒
喝一半，留一半洒在你坟头

回头想想
我们没有去过一个小镇
你是我故乡的异乡人
我们没有去密西西比看福克纳
没有去伦敦的教堂前喂鸽子
被月光圈住了身影
我们几十年都在众人眼皮底下
残忍地相爱

我还来不及了解你最爱
吃哪种蔬菜，最爱看哪种花
一生匆忙，我们一不小心就
越过对方的身体和影子

你留下了流水的遗憾

我身后是空荡荡的岁月

那里你的手已消散

眼睛已干涸

而你的面庞成为灰烬

我脚下躺着的

是你永远不会回应的身躯

当我叫出你的名字

它便随风而逝

我们在大千世界里悄悄相爱

看过许多风景之后
眼睛就在你身上停留
说过许多谎言之后
我只对你缄默

第一个男人
他用虚假的誓言与我交换爱情
之后的男人
用昙花一现的快感与我交换快感
只有你孩子一样
把我当作童话里的亲人
我们彼此交换身体的秘密
也交换相差玄虚的年龄
在你雨水一样的亲吻下我烂作了春泥
你的温柔胜过海枯石烂

分开时我们将儿女情长置之度外
写诗，喝酒，旅行

你做你的英雄

铁面无私，剑舞落花流水

我做我的妖精

戴着面具与魔鬼周旋

相聚时，我们就重新做人

两代人的爱情

我爱过许多男人
每一次都用尽全力去爱
每一次都爱得遍体鳞伤
为了在母亲面前完好如初，我只能
像一只苹果，腐烂从苹果核开始
一层一层向外蔓延，外表总是新鲜的

母亲也爱过许多男人，最爱的是父亲
她常在白雪飘飞的夜里诉说——
二十年来，她一直思念他
二十年来，她像一只橘子
表皮一点一点枯萎，她逐渐衰老的身体
在我面前暴露无遗

某年某月某日乘火车

我们坐在火车上
战争时，月台上的姑娘与情人
用两秒拥抱，用一生怀念
和平时，我们用瞬间相见，用瞬间遗忘

风把一片花瓣吹向高空
我的手插进你头发里
青草在石缝里化成石
脚印就成了白骨的踪迹
所有的季节被风刮尽后，无人再老
只有天狼星坐在枯枝顶端，像最后一位上帝
而蚂蚁在筑巢，又等着被暴风雨摧毁
寂寞的鬼魂在河流里孕育不会出世的爱情
我把头埋在妹妹温暖的胸口
不知道我们将被带往何方

给　你

你该来看看我，李白
以一个酒鬼的名义
涉过桃花潭
青灯下不谈情，只拔白发
你该来看看我，杜甫
以一个穷鬼的名义
草堂让给麻雀住
撑一件大衣，我们就能相互依偎
你该来看看我，歌德
以一个骑士的名义
在马背上为我筑一个王国
你该来看看我，赫拉巴尔
以一个流浪汉的名义
带上你的猫，我们可以看它的面孔
你该来看看我，凡·高
以一个残疾人的名义
我可以对你另一只耳朵说话
你该来看看我，帕里斯

从头到脚都让你劫持

但我的锁骨脆弱

我的锁骨挑不起一场战争

你该来看看我，宝贝

两手空空来看我

把我当作你最单纯的女人

孩子的笑，风一吹就没了

流水漫过我们肩膀，高过光阴

致情人

刚下过霜
窗外一片白茫茫
白得像这个漆黑的时代
没有界限和内容

比起发声
我更爱牺牲者
比起看见
我更爱萤火虫

今夜有多少玫瑰盛开
就有多少情人凋谢

我想给你写一封信

坐在空空的房子里
一关掉手机，我就与世隔绝
只有星光洒满阳台
清风扰乱我的思绪

坐在空空的房子里
我想给你写一封信
我不爱这个飞速滚动的时代
我们坐在它的翅膀上前行
离古老的童话越来越远

信上我会告诉你
我想和你去周庄
乘一叶扁舟，喝酒喝到形销骨立
我想和你在湘江点一盏灯
尘世间仍有神灵
你是湘君，我是湘夫人

当我的双手足够宽大
我会修建一座花园，种花，养鱼
鱼缸里是我们的身体和天空
如果你走了，我就不打扫房间
让它结满蛛网
青草疯长，雨水遍地
我的坟冢在此地安放
而回忆就是我的墓志铭

一封信要历经千山万水
历经白云，闪电和月光
等了一月又一月
等了一天又一天
有多少花谢又花开
有多少人死去又到来
而我什么也不做
只等一封信飞进你的信箱
如同一只扑通乱跳的麻雀

宝贝，从《诗经》到二〇一四
爱情的距离永远那么远

三种想象

等一场暴雨来临
我就是你窗台的一只麻雀
爱你撒下的谷粒
爱你香烟落下的灰
还要用红嘴唇感恩你弯曲的手指

等街头大雪纷飞
我就是一只穿过城市的狐狸
在所有人面前戴着面具
与人喝酒，调情，妖艳众生
当你走过，我就露出狐狸尾巴

我们的时代没有森林没有童话
动物都已逃走
我只能背着闪电
想象你那个城市的任何一个女人
卖馅饼的，给你送一份热早餐
清洁工，搜集你所有果皮纸屑

小姐，甘愿做你石头下的一颗卵

寡妇，会抱着儿子看你雾中紧锁的双眉

女王为你洗衣做饭

尼姑为你返归红尘

只要一阵大风刮过

给你写诗就想象枯竭

多年情人成父女

自你走后

我不断寻找男人

在他们身上找你的眼睛

找你的耳朵，用来听清风

找你的嘴巴，用来吃明月

找你的手臂，用来休憩

一千三百年前

你是张生，我是崔莺莺

隔墙花影动

说来，就来了

三百年前

你是纳兰，我是沈婉

人生若只如初见

说爱，就爱了

你成为一颗种子

把你种进地里十八年了

野草遍地疯长

玫瑰也发情

却不见你的幼芽破土而出

不见你的枝叶在风中摇荡

我已忘记你的名字

你的面容也已烟消云散

下辈子，我要你拉着我的手

跑遍一个城市

跑遍一个省

跑遍一个祖国

我要你带我跑遍一条河，一条江

跑遍十万八千里

和最后一道悬崖

屋顶醉语

干旱季节里的第一场雪
掩盖了我的初恋
仓库里的食粮在梦呓
野草与石头都吃足了水
这个冬天，我爬到屋顶上
站在睡眠的上面
喝酒，唱歌，把昨天高高抛起
从屋顶上扔酒瓶
然后竖起耳朵听它
在冰冷的地面粉身碎骨
不知道我是勾引野兽
还是勾引古代的书生
我看见了神灵，而你们一无所有

爱你的方式

你刚从另一个城市归来
很快就被寂寞淹没，恐惧中你只能
想起一张脸

外祖母曾说，七夕那天，只要站在一株
葡萄树下，说出对方的名字
就能听见他的低语

而我站在葡萄树边
却害怕说出你的名字
害怕一场盛宴后各奔东西

假面舞会

让风将圣殿拖到广场
星辰挣脱锁链
芦笙吹醒了白骨
女人的裙摆搅翻了夜色

年轻的哥哥不要躲藏
少女的心在发慌
一张张墙在肩头行走
兔子坐在墙头，豹子坐在墙头
羽毛是野性的旗帜
高擎松油火把
将我们的仰望烧得闪闪发亮

我们围绕着四季转圈圈
肢体生长摇摆
英武的哥哥拉住我的手我就想私奔
朋友，与我喝完杯中的残酒
请不要让我看到你作为人的样子
这一刻我们是野兽或者神灵

如果下次见面了

如果下次见面了
我要摸摸你的胡茬
让它针一样扎进手掌
你要叫我一声夫人
像凯旋归来的丈夫
没有醉卧沙场，没有逃亡

我是一道堤坝
一旦遇上你就崩溃
我要对你说一大堆甜言蜜语
如同狠狠掷出一颗手榴弹
我们要睡在岳麓山上
直到星光隐去，枫叶转青
你就给我讲故事吧
从你的出生讲到现在
讲你 20 世纪的童年
讲你的生儿育女
等你走了

我就在你的故事里摇晃
在你的故事里长大成人

如果下次没有见面
我也会好好活着
不谈婚论嫁，也不穿起长袍做道姑
宝宝，我就一直为你写诗
死的时候，诗，酒，骨一同烧掉
一捧灰烬
在尘世间又走一回

雨

冬天患上重感冒，一场雨来得意外
连现实也慢慢地偏转角度
对面的塔顶，避雷针，晾在铁丝上的
婴儿尿布也跟着转动

被冲刷得洁净的路面
那儿有一帮工人在抗议工资少了
他们不完整的抱怨火花扩散出去，又被雨水熄灭

我的长发黏在了脸上
很快冲出了雨林，但仍被迷茫包围
在一个凉亭里我想到瑞典已经在航行
那里有我的亲戚，但它到达
大西洋的边缘时会被一只鱼子弹回来
我要去哪里？常常半途而废

围　栏

武昌火车站候车室二楼的
围栏还在，两年前，你也在
围栏闪烁着光泽，比两年前的泪水更清澈

那时我们靠着围栏
脸庞相互摩擦，渴望在各自身上留下痕迹
但我的身体干净如初，只有记忆
在时间里漂浮。你的胡茬又粗又硬
每次亲吻时，我都提醒你小心点
你嘴巴贴在我胸口，我就成了你母亲

夜里，我们惶恐，仿佛一对
苟活的虫蚁，为了夹缝中的爱情
也可以活得没有尊严
你给我买牛奶，木梳，反复阅读我的散文
你把自己分身成一个秘密父亲

只有去黄河，淮河，鄱阳湖边散步

我们才平等，手挽着手，讲述
出生前与死后的故事，像一对患难知己
我们见异思迁，难以避免伤害
我们残忍地暴露彼此的缺陷
如今围栏还在，而情人与眼泪不在
那些疼惜，谎言，误解都烟消云散

一九九六

在你弥留之际
你究竟看见了什么
你的目光越过我矮小的身影，越过
妻子和儿子的面庞，桌上的吉他，书画，魔术箱，诗稿
越过你的罪恶和悔恨
你望向远方，眼里映着天空，森林
那双眼突然变得庞大，我觉得它们
能装进整个世界。当你垂下眼皮
却什么也没有带走

我们各奔东西，逐渐将你遗忘
那栋房子从此空荡荡
你的声音与体温消失得无影无踪
没有什么表明你曾来过
我慢慢成长，越长越不像我
在镜子里，我看到的人似曾相识
终于发现，你寄居在我的眼皮和鼻子里
寄居在我的右半身，因而我的右手

总比左手大，遮住左半边脸
我就成了一个男人

我带着你去漂泊，即使穷困孤独
也要在风雪交加的路上跋涉
带着你去轰轰烈烈地恋爱，所有人
都离开我之后，只有你留了下来
许多年后，我将衰老，死亡
等到白骨腐烂，我们就在青草，树根
蔷薇，狮子，鹳鸟，雨水里重逢

卷二

乌托邦重构

1

恐龙的趾骨上有你的指纹
眼窝里有你的泪水
长在齿缝间的野草还未命名
在开花结果后迅速消亡

那具封存在博物馆玻璃柜中的骨架
被雨雪冲刷得干干净净
它的肋骨有苹果的甜蜜
诱惑了最单纯的一对男女
伊甸园从此无人看管

2

洞窟里的第一块石头被敲响
猴群与豺狼就在山崖上跳舞
洞窟里的第二块石头被敲响

女人就怀孕，死去的人在坟墓里苏醒

罪恶的双手在钟声里焚香
总有获救的人，一遍遍在鼓音里下跪
直到树叶落满地，镜台落满尘埃

3

马蹄印里积满雨水，照不见前人的踪影
我们打着伞在梅关古道上跋涉
也没找到自己的影子

南迁的越人停下来，安营扎寨
族人死去后，梅花就一朵接一朵地开
背负荔枝的马匹要跑到长安
嘘，不要惊醒茅屋里的婴儿
失意的诗人和将军都曾悄悄走过
他们再也没有回到这里

我们是年龄悬殊的陌生人，相互搀扶
松开双手便跌得头破血流

越过分水岭，就是从青春到中年

我们掉头往回走，什么也没有留下

只有自己在遗忘自己

4

灰白的九月，我担心迷路的人

一只手电筒成为一根拐杖

珠玑巷里，沉睡千年的青石和门楼醒来

那位逃亡的妃子不知去了哪里

没有人听见她穿着木屐跑过青石板

也没有人看见她眼里最后的风景

一只失魂落魄的竹筏顺水漂流

多年后，姓胡的陌生人身后跟着子孙

“我们要将姓氏重新安家。”他们走进一栋旧房子说道

这里没有神的位置

他们带着姓氏流浪

留下来的语言都将被大雪埋没

而新生的脚印都将四海为家

5

三影塔里住着孤独的人，像你又不像你
杯子斟满酒，手上握着剑
月光照着塔，也照着那口无人问津的井

当瘟疫发生后
貔貅的角就被善良的太子砍掉
人们从井里舀水，让它慢慢干涸

你站在喧嚣的广场，今晚没有月光
这么多人，相互认识又相互遗忘
穿过所有面庞后，你也将无处可去

6

戴眼镜的老住持在佛像前磕头
你不知道他有没有看见佛
他嘴里念着经，没有人听得懂

“心诚则灵。”他对所有上香的人说

城外依然有人死去
到来和离开没有什么不同
一代又一代僧人老去，香燃尽
院外开满白莲，红莲，紫莲，黄连
寺庙里没有脚步声

7

银杏未转黄时，帽子峰的生灵只能静静等待
在洛铁头，鳄蜥的眼睛里
你看得见人类狡猾的面孔

青天下，总有一些人成为野蛮人
乱世里没有妖魔，鬼怪，传说，英雄神话
只有人在小心翼翼地呼吸
你一年又一年种银杏，将满园的经纬留给后人

妓　院

长沙靖港古镇青楼宏泰坊
玻璃柜中展览着一个永恒的动词
一个裸体女人从墙里钻出来
金钗在墙上划出一道痕迹
她抖掉霉烂的绳子对摄影师说
拍下我性感的姿态和引以为豪的职业
脸上的两团胭脂擦亮阳光

不是所有的肉体都能成为文物
而一切严肃的事情都要落进器皿
与食盐，酱油，老陈醋恋爱
像明星一样的妓女，不只是
与男人打情骂俏，展示器乐艺术
她们也参加公益活动与名流的聚会
走上报纸的头版新闻

宁静的房间，看热闹的人走光了
三个巴基斯坦女孩请我做翻译

玛利亚，瑞拉，多莱丝要求与那妓女合影

我们并没有身份的贵贱之分

只有昨天与今天在偷情

长沙，一场雨水中的诗意

一场雨不期而至
街上的行人狼狈逃窜
乞丐与酒鬼却钻出拱桥
在天空下伸展四肢
他们的躯体突然变得庞大

没有酒瓶也没有面包
他们在湿润的草丛里欢笑
牙齿洗得发亮，面孔天真
他们一无所有，却拥有莫名的天意
如祈雨的巫神手舞足蹈

雨越飘越远
将秋天席卷而去
还有被雨水浇灌的童年也不见了踪影
而所有流浪的动物都已归巢

长沙，烈日下的蝙蝠

走在烈日下的街道上
看见一只蝙蝠在头顶闪烁
它的翅尖颤抖，消失在人群大海般的
呼吸里。你觉得这是一个秘密
也许它在寻找一个洞穴，用来安身立命

阳光把建筑照得雪白
没有阴影可以藏身，没有一个角落可靠
迎面走来的人，你觉得他们跟你一样——
小心翼翼藏着那些不可告人的爱情

我们在城市里游荡，像鬼魂
碰上一个酒鬼或乞丐，两人就同时潦倒
到处都是高大的建筑，却有那么多人寄人篱下
如今我们仍留在原地，而蝙蝠已飞远

走进墓园

六月的一天，我到墓园走走
这里并没有我要凭吊的熟人
但我买了一束花给所有的逝者
我把花放在了指示牌上
那是我们的方向，无法逃避

路面干净得让我想起一场雪
那些脚印都流走了，整个山谷
只剩下我和麻雀发出的威胁性警告
我突然感到害怕，为什么要害怕
想想其实是自己吓自己
人世间有那么多白骨在行走
小心翼翼

经过 A 区 1 排后我就开始撤退
后来只记得一对年轻夫妻的合墓
那是个漂亮的女人，肌肤饱满
男人一副短命相，他们在

2002年4月1日死去，我猜想是车祸

照片下的字迹湿润，仿佛刚刚沾过水

灾　难

我在四川遇到一次地震
没有什么不动摇
连文化与制度也会动摇
我想起小学一年级思想品德课
至理名言：珍爱生命
所以我决定将头发剃光
扔掉身份证，扔掉三个情人
送给我的檀木梳，晕车药，黑白丝巾
并且把歌德与福克纳锁在抽屉里
然而灾难只是一个警句
我们无处逃跑，只有承担与新生
只有等待那逐渐康复的阳光与神灵

五月青岛

五月的喉咙被寒风充满
五月的眼睛被沙子充满
我遥望远方的海平线
发现一切都被埋葬
曾经来过的脚印都已重返故乡
曾经发生过的事都已找不到证据

波浪一遍遍席卷石块
仿佛洗刷一张罪恶的脸
石块上粘着一只贝壳，空空荡荡
我取下它，祖母临死前说过——
将空贝壳贴在耳边
就能听见大海的声音

在湘西的坟墓前
我举起那只空贝壳
却什么也没有听见

十月太原

外面吹着风
我们在古董店里喝酒
不谈爱情，不谈年龄，不谈生死
不谈一切严肃的事情

山楂酒，雪野大哥酿的
喝下去就惊醒体内的骨头
它们在身体的黑暗里窃窃私语

那些玻璃柜里的古董
千百年前的幽灵居住其中
深夜时，它们化为青烟钻出来
在空荡荡的房间漂浮
仿佛寻找逝去已久的躯壳

我们在尘世间喝酒
不问多年后的事
不问多年后的我们归往何处

八月兰州

万家灯火
照不亮滔滔黄河
此时，羊群与牧人都已回城

我们厌倦了漫长的光阴
厌倦了虚伪的爱情
唯独与河水相看两不厌
我们珍爱的东西
从未进入过我们的生活

那座铁索桥无人问津
德国人建完它后就走了
曾有许多人从这里跳下去
纵身一跃，从此不见清风明月

宁静的夜晚
清真寺里响起号声
将水神唤得越来越近
将孤独的亡魂送得越来越远

长沙冬夜的猫

每个冬夜
我躺在床上都听见
猫在寒冷的草丛里发情
而长沙七百多万人都已熟睡

我想起抓伤过姐姐的面庞
想起我曾杀害的鸟，青蛙，蚂蚁，蜘蛛
和那些害怕说出的悔恨
我与这个城市一起沉默
只有窗外的猫叫声凄厉

长沙吟

风吹在岳麓山上
吹着吹着枫叶就红了
没有马车，没有痴情的杜牧
我在树林间数星星
晃一晃酒壶
要喝就喝到白露为霜

当一名道教徒也好
一袭长袍，临窗听风
打出生起，谁不是孑然一身

芦苇一片野茫茫
橘子又黄了
湘江北去，一去就是万里
谁能游过湘江
我就跟谁私奔
抛掉我的大好前程
和远方的情人

芦苇一片野茫茫

高贵也好落魄也罢

放到风里就四面通融

我将不做任何事

善与恶是两具尸体
都将腐烂，如果我不被误解
或者理解死亡
如果黎明来偷盗我的家园
我还不苏醒
如果我赞美欢乐与奢侈
我将看不到广场上的难民
正举着黑浆果做脑袋
无辜的刽子手站在墙根发抖
如果我在婚礼上说尽奉承话
我将被卡西莫多的钟声敲醒
第一个沉睡的婴儿成为聋子
没错，我将不做任何事情

空鸟巢

我脱掉衣服，四肢得到舒展
我把头发从窗口甩出去
晾在树梢上，那里
一个干净的鸟巢空着

邻居的面容铺成玻璃
那天下雨，她从草地上捡起发白的衬衫
把它挂在阳台上，还写了
一张纸条，塞在门缝下

草地上的蝴蝶在追蝴蝶
野花就开在我的眼睛里
我想与谁拥抱，然后说再见
这是一瞬间的想法，只有空鸟巢知道

伊甸园

妈妈，我想回到你体内
那里水草丰茂
不下雪也干干净净
在那里我是一条鱼
从头到尾无瑕疵，无知亦无罪

我的童年无人驯养
它马不停蹄，跑得太快
一不小心就跑过了发育，丰腴
一不小心就跑过了青春

今夜，寒风吹着我睁开的双眼
也吹着长沙七百多万人熟睡的眼睛
自离开你的母体后，妈妈
我们就染上疾病，身体刻满伤痕

我反复跟踪一个人

在街上我反复跟踪一个人
我对自己的行为难以解释，鬼使神差
他长得像我死去的亲戚
手背青筋暴突
消瘦的背影遮住了我的视线

他尽量避开光线，把眼睛藏进衣领
隔着一层布料传出他的喘息声
我感到痰卡在喉咙里
回忆从缝隙滤出，又脆又薄
我怀疑它们在坛子里腌过

拿出来晾干就变成了现在这个样子
死去的亲戚把脸转过来
面容十分新鲜
我开始失望
并对以后的跟踪失去兴趣

封　存

每当走过那段上坡路
我就想起她捧着玻璃瓶去给父母送水
穿着陈旧的凉鞋，在太阳下走得小心翼翼
摔倒时，她没有觉察到
一块玻璃渣划进瘦弱的脚踝

她把一块玻璃渣带走了
带着玻璃渣在远方结婚
生下两个女儿，一个儿子
除此之外，我们没有得到她的更多消息

曾经遗留下来的血迹逐渐风干
而记忆不会流失，它将保存完整
在时间停止之前

伤疤与密码

她是个洁白的女人
因为洁白，人们原谅了她被抛弃的事实
但觉得她洗澡过于随便
洗澡时她从不抹沐浴露，只用清水
女人们纷纷效仿，这让香囊在夏天里跌价

夜里，她才会把头发扎起来
露出身上唯一的缺点——
耳根处一块拇指宽的疤痕
看起来像个锁孔

她喜欢转动脖子
这是一个危险的动作，咔嗒一声响
伤疤就会打开，我们都会听到它的精确密码

流浪的皮鞋

他漫无目的地走在旷野
只有旷野将他收容
云在树梢绿得发亮
下雨的征兆
被侵蚀的石块逐渐清醒
棱角依然掩映在草根下
一只皮鞋将脸打开
蹲了一个冬天的监狱
他会穿着皮鞋敲打
街坊邻居的大门
像位贵客
所有人都称他为毒瘤
现在只有我与他轻声说话
害怕膨胀的风发出回声

水晶房子

晨风从一个方向吹来
建筑的颜色在慢慢脱落
简陋的床，污黑的沙发，生活杂志
烟灰缸里的烟头还未熄灭
脸都没有了还要衣服干吗，乔说
他和女邻居
走进狭窄的卫生间，擦身子，做爱
这一切如此熟悉，仿佛
曾经历过生死灾难
他想起在青岛海边，妻子与孩子们
堆的堡垒被浪潮冲垮
后来从砖缝中长出来的蝴蝶
不知道飞到哪里去了
乔在公路边招手
看到一辆汽车就说，我们私奔吧
他本可以过得安好，如今他只剩一截粉笔头
在围墙上画了一个立方体的水晶房子
他居然还记得它的样子

久远的父亲

我记得一张二十五年前的照片
你没有留下遗产，嘴唇和话语也没有留下
写诗，画画，弹吉他，算命，玩魔术，打架和
贩卖妇女，这些通过一个女人的回忆而变得真实
但我只看到你的黄头发，像树根
根向上伸展而不是地里，一直戳破边框
面庞比叶子年轻
高高的颧骨在灰尘里呼吸
你的牙齿洁白，柔软，咀嚼牛奶
他们都说我不像汉族女孩
因为你的鼻子尖而挺，眼睛纯褐色
不过从我身上看，你比一阵风更透明

结　冰

玻璃结了一层厚厚的冰
面积庞大。平滑的边缘
准确来说，屏蔽了背后
那些随时可能冲出来的
威胁性的词语
如同征服一个部落与民族
继而将它划为殖民地
然后在死尸上播撒
一层新的树苗与人种
这是十二月最后一个日子发生的事
让末日成为生日
值得纪念

冬　天

水银柱持续上升
表明今天不需要增加羽绒服
那么阴谋一定是昨夜
完成的，就在我沉睡的时候
暴风雪也许来造访过你们
以他的巨掌将花园连根拔起
将天空囚禁
偷吃带盐味的空气
并且对所有的指针下了慢性咒语
以此拖延我们的睡眠
让我们成了假象的牺牲品

虫与人的花园

冬日的阳光绞杀窗帘上的螨虫
在地板上投下平静的阴影
在这幅躺着的图像里
正在上演着一场时间的战争
出嫁时我也许会想起这幅场景
并成为家乡的异乡人
她今天给我打了电话
口气悲凉，她在贵州
但不打算逃跑
流产后，她把孩子种在了花园里

逃向春天

一个阴郁的日子
梦开始解冻
我在厕所洗脸
这里适合自慰
墙上挂着装卫生棉的袋子

物业公司雇来的员工
在除草
他以乡巴佬的口气咒骂
操，长沙的冬天
植物的碎骨头飞入我鼻孔

街上车水马龙
不知道奔向哪里
有人偷偷看我
羞耻感爬上我隆起的乳房
我已经感觉到春天的温度

这只我紧握的馒头

这是一个下雨的晚上
房间里的电饭煲在沸腾
里头蒸着一只馒头——
我最后的食物

馒头烫手，我还是捏在掌心
之前它是冰冷，坚硬的
现在柔软得手指一掐就凹陷

我舍不得吃掉，想起上帝怎样
照着他自身形象与愿望创造物体
他创造时也许想到了和馒头类似的属性
柔软，温暖，所以他一直没有毁灭它们

我握住这只馒头
在潮湿的夜里与它相依为命
我们在同一个房间，但我无法与它沟通

卷三

充当人站着

生活中没有野兽
所以我充当人站着
从剪脐带，穿开裆裤，买卫生巾到
拿利器刮我的本性
不是一场事态发展的过程
不是不是不是，我记得，选择时都蒙着眼睛

我从梦中惊醒，稿纸，笔，诗歌
相框里男人的脸，不常洗的茶杯
将我从巢穴中扔出去后
霸占了我的位置
算算吧，我被驱逐十九年了
冬天阴郁的风霸占了我的位置
法律与契约不起作用，不愿受
束缚的东西组成浩浩荡荡的大军
在我们头顶残杀，挥霍，繁衍
就在此刻，我听得见没有国家
的雪烧遍了所有国家

寂静的夜里，我承认我不能活得最好

而矮小的飞蛾

你们无所畏惧

当家族的成员死后

家族中最老的成员在一棵松树前夭折
没有谁细数雪片，创伤
我从卫星的高度观看时间
只有冰川期和最后的烈火在漫游
冰川和烈火都不是问题
唯一操心的是，你得匆匆钉好棺盖
邻居对我说：他在屋脊模仿幽灵跳伞

灵魂蜷缩时，身体就在天光下缩水
但我们不需要计较遥远的事物
今晚所有的圣徒与平民都必须
裸露着膝盖在
雪地中跋涉
历经一次砍削，针扎，仇恨，耻辱和一切攻击
然后举办一场盛宴
因为挺过劫难而欢喜
我们开心地吃饭，喝酒

除却开始与末日，正在发生的事

被我们的眼睛掠夺

生活方式

你立志要在一个不需要诗歌的时代
做一名诗人
季节在房间里排好了队
总有一只手揪住我，扔到户外

此时，柔软的花瓣撞碎海礁
它在寻找毁灭后的完美

昨天猎犬咬伤的一头野兔
溃烂发炎的脚趾，流失的牛奶
动荡的星辰
发动战争而又不搅乱秩序的蛤蜊
它们都在秋天跌落的时候
从上帝手上攫取食物
谁都只顾着喂养自身

花　瓶

花瓶是美妙的容器
装满鸟鸣和雨水
当彩釉脱落，鲜花枯萎
你仍能听见不死的回声

个人宗教

或许你缺乏凌驾的细胞
也不充当教堂里脆弱的祈求者
他们看到中性
一个没有支持也并不反对上帝的人
你把自身修建成花圃，宽阔而湿润
种上玫瑰，山药
养一只蜜蜂，一只夜莺
春天就是你的宗教

相　框

相框里是你深爱的男人的脸
那时他单纯如孩子
他的女孩像玉米一样金黄

记忆如水中石，越沉越深
所有相爱的人之间
都隔着大海和无尽的时空

意　象

大卡车在公路上运送混凝土
扬起灰尘满天
我把自身留在阴影中
当看见被风刮得一无所有的风景
你的影子就浮现
这就是我为什么爱你
你藏身于石头，黄土，沙，月亮，羊毛中
这些物质具有火的属性
我拒绝使用语言描绘你
因为你具体，抽象，时隐时现

纪念太原之行

杨花铺天盖地

如同一场大雪淹没人间

我们在雪野大哥的古董店喝酒

杯中倒映着神的面孔

他慈悲，全知全能

但放任杨花成灾

也放任我们喝光杯中酒

听妻子在屋子里走动

我生着病，躺在床上
听妻子在屋子里走动
从洗衣间走到阳台
从厨房走到客厅
一生的光阴，就走完了

我躺着等多年后的雨水落下
等黑夜来临，寂静笼罩
那时，整个屋子
都响着她的脚步声

人去楼空

对面的三十多层高楼
没有一扇窗亮着灯光
仿佛不曾有人居住

他们都已入睡
灵魂脱离躯壳
在寂静的城市游荡

当死亡来临
他们就带上一生的行李
风一样飘离尘世
而高楼将成为峡谷
只有一两声叹息
自谷底传来

在我们之间

也许我们注定大半生分隔
在我们之间
枯树年复一年开花
孤鸟南来北往
如今我们活动自如
有一天都将寸步难行
那时，只有雨打芭蕉
所有石头下的水
都在我们之间暗暗涌动

预　言

当一场大火熄灭
森林就在雨中恢复
麋鹿会逃脱枪口
花面狸会解开捕兽器

石头也真正开花
牛奶流入黑土地
而我们对自身无能为力
也许是十年，三百年后
我们依然对疾病恐惧
也保留着恨
我们冒着枪林弹雨驰入对方的防线
让眼睛流泪，只因悲伤

那时我已死去
我曾热爱的一切都不知所终
现在我必须学会：容忍

如果灾难发生

如果发生一场火灾，地震，泥石流
或者一块瓷片划过手腕
一根刺刺穿喉管
我不幸死去
我的情人也许会怀念我
但他会马上另结新欢

我死后钟摆依然晃动
我死后也许有一棵树倒塌
一张蜘蛛网迎面扑来
而树上的鸟会自救
飞虫将从网上脱身

那些逝去的灵魂

我的书房是片坟地
福克纳睡在弥留之际
沈从文睡在边城

每个魂魄都有藏身之处
山洞与古董是居所
树上也住着幽灵

而我的祖先们不能回家
他们站在门槛外，像一群陌生人
神龛早已消失不见
他们无处容身
多年后我们都将无家可归
无风的旷野
灰烬高过眼睛

孤独是多数人的事情

在广场上抛锚

马达已生锈

只有甲板上的

鱼化石能证明我的年龄

人们走动，与我拉开警戒线

那就拖着一身碎骨头

孤独返航

我一直在寻找让外界

关注的表情

这方面

马戏团的小丑

比我做得更好

但如果放弃模仿

肖像权将被取消

此时在火车站

没刮胡须的男人在买票

新闻比时刻表更沸腾

他说买报纸不如买笼包子

我很同意他的做法

印刷机号叫的一定是

少数人的名字

谜

你在甜品店要了一杯冷冻椰汁拌红豆
坐在窗边吃
外面下着雨
你看见一个身穿白裙的女孩
从玻璃外经过了相同的两次

你不知道她去哪里
也不知道她做了什么

听　见

我在梦中听见风掠过山岗

吹响沉睡的枯骨

它也破窗而入

吹醒我血液流淌的骨骼

卷四

门　槛

小时候我站在门槛外
一副不知所措的样子
我被关在门外像一块石头
因为我忘记了时间与香喷喷的米饭

在这里，死亡得到尊重，树木被敬仰
我们的祖父曾祖父原本同我们生活在一起
他们乘羽毛飞走
留下空房间给后人孕育

如果我坐在门槛上休憩
母亲定会痛斥我一顿
那是神灵与祖宗经过的地方
我要虔诚地让开，别挡住他们回家的脚步

夜里我们从不关门，星星都在梦游
雨后的清晨，你能透过蚊帐
看到松鼠，它们正反复
跳过门槛，模糊的脸孔像熟人

十字路口

每当走到这里，你都会迟疑
所有的疑问，所有的希望
我们都要用脚步来证明

我们经常会选择一个路口，插上小石碑
石碑上是婴儿的名字和生日
接着又会来人，插上小石碑
第一块石碑被挤到最后，它马上会被拔出
重新占据第一个位置

孩子们渐渐长大，胳膊健全
牙齿能咀嚼板栗和苹果
眼睛能翻过山岗
他们走过十字路口的时候
会追上远方的身影

拦路的蛇

面对一条蛇，你有两种选择
自己走开或让它走开
让它走开你就必须诉说苦难

母亲习惯检查我手掌
害怕我偷藏一把石子或凶器
她说，拦路的蛇是在告诉你隐秘的信息
那年她回来，被一条蛇拦住
外祖父去世的消息就在蛇眼里流淌

花草平静地生长
茂盛的枝叶将道路覆盖
很快又被我们剪除
未孵化的蛇卵被我们移到悬崖上
我们赤脚走路，地面干干净净

柏　树

我弟弟姓柏
每个正月他都从柏树下经过
对着树洞，亲切地叫一声干爹

这样的对话从没得到过回应
就像背井离乡的游子，徒然对着天空
喊下一个熟悉的名字

沉默不代表拒绝
仍然有人拿着糖果望着树冠
然后给自己起个满意的名字

当我们老迈，不能走远路了
会在柏树下停泊，阳光还是从前的阳光
那些回忆依然青绿

井

我们累了，就躺下来歇息
我们饿了，就种植谷物
我们渴了，就在石堆里掘井

许多年后，平凡的事情都被遗忘
只有落叶浮在水面
偶尔会跳进去一只名叫“船老板”的飞虫
它觉得正活在人的遗产里

有人生病的时候，比如患上
疟疾，痔疮，流感，才会有女人说
去拿瓢来，去井里舀口水喝
人们感到被赦免，纷纷拨开井上的杂草

我们的身体逐渐衰老
但水中的倒影依然年轻，静止不动
我们在井旁打扫，如同祭祀

叫春的山猫

他们的女儿一出生就夭折了
根据风俗不能装进棺材
于是带着锄头夜里上山
为了将阴魂散去，他敲烂包裹
把它放进坑里，像落叶
他们倒退着离开墓地
离回忆越来越远

一到家他们就尸体一样躺在床上
他沉默半晌，突然如醒来的野兽
扒光了她衣服，他又可以
在她身上赎罪，尝试新花样
而她又风一样肆无忌惮呻吟
一只山猫溜进院子
那凄厉的叫春如孩子的啼哭

赶　尸

大雪来临前，趁道路还没有被封锁
我们要做很多事情
那么多空荡荡的房屋
只有神志不清的老人跪在神龛下
磕头，这个时候还未归来的人
只能流落他乡

房梁上的铃铛已经生锈
祖父们架好梯子，把铃铛摘下来
以毛皮大衣裹身，以柏木为杖
他们出远门，摇响铃铛，念动咒语
将客死他乡的回忆赶回来
每一张面孔，我们都能叫出名字

白雪飘飞的时候，没有什么不被覆盖
山上野兽的骨头与脚印越埋越深
而屋里的木炭越烧越旺
我们围绕着火塘，了无牵挂

喊　魂

小时候弟弟满头针管
睡觉时闭不紧眼睛
母亲就半夜起床，把他的名字
盛在瓢里，一路喊得撕心裂肺

那些年，我总惊醒于午夜的回声
偷偷地数母亲一共洒了多少滴水
水缸空了，弟弟的皮肤开始红润
眼睛发亮，母亲说
他的魂魄回来了，那一刻
她开心得像个孩子
冬冬他娘对着水井呼喊
三年后，水井干涸
她终于喊回了一盒骨灰
当所有人遗忘了这件事，母亲还记得

许多年过去，我们远离故乡
带走了所有衣物与牵挂

连一根头发也没有剩下

母亲独自在空荡荡的房间发呆

害怕方言跑出嘴唇

那是喊魂的声音

鱼尾巴

每杀死一条鱼
我们都把鱼尾巴剪下来
贴在墙上

外祖父家的墙壁贴满了
鲫鱼，草鱼，鲤鱼，雄鱼尾巴
如岁月之舵
风一吹，鱼尾就齐刷刷颤动
让整个屋子充满波浪
遥远的呼吸就在耳边响起

外祖父十三年前已逝去
他的儿女也相继离世
所有人都将跟随祖先的脚步
为了纪念他们
我们又剪下许多鱼尾巴
贴在墙上

一截枯木

一截枯木被雨淋湿
在天光下腐烂，被淋湿的
东西终将消散，那些荒草掩映的
白骨，那些随风飘落的羽毛

母亲捡起水塘里的木头
扔进火坑，火焰就在屋顶下燃烧
但提到他们名字时，我们依然感到寒冷
小静奶奶，冬冬爸爸，黄浩他爷
世生维外婆，翠儿，二桥，赵萍妈
半年来，有那么多人在火边死去
有那么多从未谋面的婴孩偷偷到来

风一刮，火势就旺，木头碎成灰烬
母亲命令我把它放入盛水的碗
搅拌成墨汁，在额头上画个十字
这成了我们的护身符

湘西水记

雨来得并不意外，我们还是遭了殃
成片倒下的玉米苗，古楼在半空漂浮
以前情形更糟糕，孩子们赤脚
站在鱼背上摸索路线，只能偶尔
看见露出水面的树枝
枝叶上拥抱着一对青虫，像情侣
女人们所说的男女是坐在一只葫芦里
他们漂流到荒无人烟的岛上做爱
然后诞生了部落，有了粮食与房屋
后来，村里唯一的女相士
在打雷的夜晚发病，死了
一切都乱了套，只有婴儿的啼哭
才能让水停止宣泄
我们并不怨恨，当作上天的惩罚
人们又开始打捞咒语，与水相亲

光　阴

当我回到故乡
稻茬正在田野里腐烂
脚印被风尘与雨水抹去
很快这里将干干净净
没有什么被留下

祖先曾在这里跳茅古斯舞
他们曾和我们一样年轻
身披稻草，头上扎着棕树叶
在烈日下祈求雨水
在星空下与恋人幽会

如今他们的身影越走越远
那些唱腔与仪式也沉入光阴
田野渐渐空旷，古寨冷清
归来的游子成了陌生人

最后的压寨夫人

你不再写诗，但要喝酒
你对佳丽三千冷若冰霜
但要掳我做新娘

我要带你去湘西
去酉水河畔焚一炷香
摩崖上是先祖的面孔
我们虔诚地跪拜，在河畔生儿育女
儿子长大了，会是好船夫
女儿长大了，会有副好嗓子
酉水号子已沉入水底
半个世纪后，又被我们打捞上来

我要带你去看连绵高山
你选一座山头
从此指点江山，占山为王
你是好心肠的山大王
不烧杀抢掠，但脾气暴躁如雷

若有人调戏我

你会掐住他脖子，像拎一只癞皮狗

你不迷信，但会在每个路口点一盏灯

照亮狐狸回家的路

照亮黑夜里迷失的神灵

你会打牌，抽烟，偶尔找找小姐

与人打架了，头破血流也不求饶

我们在星光下喝酒鬼酒

我要你说，为我抛却功名利禄无怨

我要你说，跟我浪迹天涯无悔

我要你一遍遍地说

直到我骨头酥软，头脑发昏

直到漫天白雪降临

覆盖我们的眼睛，覆盖我们的皱纹

每个男人都要回到故乡

你活着，我不送你

你死了，我奄奄一息也要送你回去

我随你而去，带走了一段光阴

我是你最后的压寨夫人

湘西纪

一

逆流而上的人，你知道群山的源头
面黄肌瘦的巫鬼，你也有饥饿，会给
身体健壮的人送去饥饿
我们从不逃离，用火焰果腹
然后不间断地在山顶打洞
在河口安装一只超级漏斗
以便坐在一旁观赏骨头是如何
与天体取得联系
而酒旗星[①]的眼睛在我们准备入睡时
是怎样慢慢张开的
这就是我们为什么会敬畏，会下跪
当野鸡与蚌壳交欢发出尖叫的时候
当赶尸人不舍昼夜匆匆经过
你们把这些当作迷信，而我们当作天意

---

① 酒旗星，酒神的化身。

二

傩公傩母[1]与我们互不相识
直到根茎穿过肚脐
肠胃里的粮食被牛羊舔食，所有人
才点头和解，用锄头深入土地
用斧头向森林求爱

每人都可以抓着一块瓦片
将它举过头顶。视力被闪电切除了
另一面回响着寂静
我们不得不为了同一个目的
重新经历一次骚动与喧嚣

最后一场雨在剔净鸟爪
植物的生长法则，像根须在地下乱爬
捕获腐骨、地龙，当仇根当肥料
但你说话还得当心，所有的附属物

① 傩公傩母，湘西人敬奉的始祖神。

都善于把细节放大成灾难

三

獐子与麂在奔跑的时候画出漂亮的弧线
蛇，蚊子和蜘蛛，它们相拥在
枯黄的草根周围，神出鬼没
坚硬的粗纤维会自动脱落，成为石块的衣服
在一个废弃的巢穴总会聚集起温柔的物种

人们开荒，把传说安置下来
打猎，追随飘荡的白云
头顶着黑漆漆的罐子
在甲壳虫的振翅声中蹑足前行
夜里，举起松油火把
喂养黑暗

四

一到春天，泥土就开始柔软

水井满了，神就藏在倒影里
来挑水的阿哥与阿妹对上了眼
不用请客送礼，就手拉手钻进了树林

青蓝色的衣服是天，宽大的裙摆是地
天地之合传来野兽的呻吟
我听见马达在镇上压隧道，就联想到
男女之事，那个寡妇常常在门口张望
青年男子背井离乡，花影般的女孩也
日渐稀少，她们跑到远方成精
出嫁跨过火塘的女子，也想跨出门槛
大山已阻挡不了人们的视线
雾从圣书上跌进敞开的牙齿

五

无需借用超声波检测仪，你也能
听到死人常常与我们共进晚餐
还把汤匙弄得叮当作响
野兽与野菜已成为血肉的一部分
连石头下的根芽也会顽强地挣扎

一支芦笙与一支山歌交媾
一个民族的子宫不会衰老
时间不会衰老，肉体只是转化为泥土与空气
当蛀虫在视网膜上钻开裂缝
而漏进来的不只是光

六

我们在杂草与乱石中穿梭
路线比星系还要复杂
白天属我们的是一把锄头，夜里是一只电筒
一只黄蜂跟在一个人身后
像演技极好的搭档，灵魂
总会偷偷刺痛我们平淡的生命

吊脚楼里的女主人就成了
这儿最知名的相士与中医
她对一个婴儿说，他将来要死在海上
她告诉一个老人，他将寿终正寝

多孔的蜂巢在掌心转动

后来糖浆不再流了，我们把这
称作绝经，随后在洞穴中掘好坟墓
把故事放进去，供后人祭奠

七

突如其来的风暴试图移动我们的地址
电话线吱嘎作响，企图让外界
用 GPS 定位系统找到我们
太多的愿望都会落空，因为你不能占有未来
虚惊过后我们与啁啾的野兔共同
赦免了自己

刚学会走路的孩子赤裸着身子
与蛇一样对抗成长，尽管阿密妈妈[1]
不再护佑，他的蜕皮却很顺利
后来虫蚁群体迁徙了，死人的关节
留在那里，被老鼠舔舐得发亮
没有人去收拾这副残局，但残局在我们

---

① 阿密妈妈，主管孩子成长的神。

不在的时候已收拾妥当，又完好如初

八

今年没有落雪，这是有史以来
冬天第一次出差错
害虫没有被冻死，将在开春后蠢蠢欲动
那些麻木的面孔它们看起来
不像是恶人，也不像是善人

由于没能埋好警报线
鸟巢，田鼠洞，或是随便一个地方
你就得小心翼翼
这个时候全体居民会梦游
他们愉快地争吵，站在粮食上
比拼力气，然后继续争吵

九

石头被一阵虫鸣抬起

她在蚊帐上反复寻找一根针
她尝试把眼睛转向内部，那些老得
连猎狗都啃不动的贡品，在祭坛上沉默
它们一开始跟牙床一样柔软

她去水井打水，拿拖把清洗街道
但是开口之前先得模仿发音，然后
才能以同一种语言跟你对话
所以这么多年来她的耳朵变长了
结果是另一种听觉终于移植成功

十

西水河畔没有生产出哲学家或诗人
连做生意的人也不使人放心
他们提着秤杆在大晴天里叫卖生命
而被电打过的鱼在网兜里苟延残喘
所以你可能会抱怨，怎么连一个
老实可靠的人都找不到

我们开始买汉人的时尚服装

把民族的色彩藏在衣柜里
也学习描眉画口红
乌鸦在树木上装腔作势叫唤

终有一天，这个地方将成为异乡
宗教也落满灰尘
这里只有探险家，并且一个老头儿说
大伙儿还宰过一只华南虎，把它钉在了河壁上

十一

在河对面的那座庵堂附近
教育局下令将狮子洞关闭了
这是尼姑们告的密，她们说早熟的
中学生在那里把衣服脱得精光
其实她们是要藏腊肉，青春很快就被风干了

我们不束缚四肢，任凭浆果裂开
一辈子还不是落土为安
把那些纠结放到风里让它们四海为家
但不放弃自己的身体，还要带走

鞋子与铁器，带走湘西的全部叮嘱

十二

尽管与你们的身体构造大同小异
但我们选择按照自己的方式
站立，坐着，躺下。平静的夜晚
陌生人请求住宿，我们答应的原因
是他上衣的第一个纽扣已经脱落
但他只能睡在天楼上
并且以我们另一面的姿势飞行

阿婆说这是规矩，谁都不敢改变
但是梦挨着梦，瓦片挨着天空
你要打扮就要坐上树枝，与花瓣为伍
不然那些小水晶坠落了，连同
我们的胎盘，牙齿，溃烂的前额，最后的头发
占卜师一直坐在群山下
目睹了这一切，包括他自己

卷五

听见密西西比河[1]

玻璃窗外风平浪静
我听见密西西比河流过丛林
你在河边散步，狗打湿了脚掌

新鲜空气吹过蝴蝶翅膀
也吹过贫民区里的嘴唇
你与黑皮肤的管家分享干净的水
热闹的妓院再无人光顾
三十岁女人的漂亮脸庞也被遗忘了

有人为自己种粮食，挤牛奶
也有人为自己做棺材，挖墓地
无名无姓的野鬼无人纪念
将来最小的孙子出生后
我也会成为祖先

① 福克纳的故乡。

巴勒斯坦的葡萄园[①]

你的女儿在葡萄园里浇水
漂亮的发辫盘在头上
她不知道你从枪口逃脱
在乌鸦的叫声里翻过栅栏

我突然想拥抱你
就像拥抱我死去多年的父亲
你对我说："Girl，don't be sad."
你说你也去洗脚城找小姐，你也刷网站

火车开过河南广阔的麦地
我看见巴勒斯坦的葡萄园没有风
老头，我不想勾引你
不想将你带走
车门打开，回头
我没有看见你暮年的悲伤

---

① 1982年6月6日，第五次中东战争，战争期间出现了针对巴勒斯坦难民的贝鲁特大屠杀。

谁来过沃罗涅日[①]

我从梦中惊醒，稿纸，笔
诗集，相框里男人的脸和
不常洗的茶杯都想将我扔出巢穴

二十年过去了
流浪的孩子还在流浪
冬天阴郁的风中没有房子

我们有相同的命运
但你是英雄，赤脚踩在石头上就要流血
而我是耗子，在富足的国度里享用美食

最后一个冬夜
我听得见没有国家的雪
烧遍了所有国家
所有迷失的脚印
都找不到来时的路

---

① 1935 年 5 月，曼德尔施塔姆被流放到沃罗涅日。

致坦塔罗斯[①]

雪覆盖了奥林匹斯
爬上山顶的人没有找到
宙斯和赫拉的骨头，只剩下
腐烂的盾牌，酒杯，黄金，命令和幻想在
我们发亮的手指下残喘

而骄傲的坦塔罗斯被遗忘了
他孤单地生活在地狱
头顶的苹果不会掉下来
唇边的水也不会上涨两毫米
多年来，他额头干枯，嘴唇开裂

我们是忠诚的仆人
在东方的国度里听天由命
每天醒来，都被昨天抛弃

① 坦塔罗斯，希腊神话中宙斯之子，因骄傲自大，侮辱众神被打入地狱。

十三年后的春天[①]

这是十三年后的春天
火车跟随蜜蜂飞舞
葡萄园在温暖的土地上盛开
海边的人睡得安详，听不见
沙漠里比海浪更轻的喘息
你想起石器时代，野蛮的人群热衷于
征服野蛮部落和民族
然后从口袋里取出新种子，撒满遍野
所有被毁灭的身体都长成星星
让黑暗中的蚯蚓，蚂蚁，毒蛇，鼹鼠和
被迫离家出走的孩子不会迷路

---

① 伊拉克战争爆发于2003年3月20日。这次战争也被称为“第二次海湾战争”。

宿命与肉体

我不该把她一个人留在那里
猫头鹰啄穿猎物的喉咙，她从尖叫声中惊醒
认命的女人手掌像石头一样粗糙，手指插进阴部
学习祖先，钻木取火，温暖湿润的肉体
认命的女人可以原谅不忠，不孝
但不可以与邻居和睦相处

当你回忆一个人，她就从回忆里消失
而我在遥远的城市里享用生活
没有人看见那些沉重的脚印，卑微的人流卑微的泪水
所有长满头颅的悲苦都被风声淹没

等秋天到了，我会返回故乡
拾起地上的坚果送到她面前
敲开外壳，她会看见躺在里面的果仁丰满年轻
就像刚刚发育成熟的自己，还没有被上帝的手触碰

无人知晓的消息

我活得浪漫，饥饿时买玫瑰，种朱顶红
在一群聋子中间弹吉他，告诉他们我爱谁
我也活得残忍，被炒鱿鱼后，思考难民怎样越过一堵墙进入自己的国家
没有人来敲门，灶台上的碗已半个月没洗
夜里，动物园的老虎在叫，我就在黑暗中写诗

坟墓里的头发还没腐烂，二十年就过去了
我不会结婚，也没有私生子
将来有没有一个情人来看我，他衰朽不堪或年轻气盛
要轻轻地走进我的房子，不要抖落灰尘，不要惊动蜘蛛和飞蛾
他会看见我眼窝里盛满泪水，是替我亏欠的人流的
我颅骨边放着一把匕首，风吹过刀刃，像笛子轻声哼唱
屋檐下的雨水在滴，不知道什么时候停止

总有人替我们赎罪

花瓣落在地上，我就睁开了眼睛
每一次凋零都是带来一个消息
你从镜子里走出来，穿一件白衬衫，光着双脚
你风度翩翩，头发依然是黄色
曾经落在你身上的伤痕，也不知去了哪里

和平年代，你可以教我做炸药吗？
人心难测，你可以教我玩魔术吗？
我还想跟你学中医，救治没有医保的穷人
跟你学画画，弹吉他，让我跟男人调情
也要跟你学打架，才能做土匪
把你会的都教给我，我可以教给我儿子

天就要亮了，请告诉我你现在住在哪里
天堂是清白之人去的，我更希望你在地狱
在那里，你要修建一座花园，容纳所有亡魂
你要种植玫瑰，双手被扎得鲜血淋漓
养一千棵滴水观音，把它的汁液端给饿鬼喝
你狠狠地伤害自己，我们的罪孽就渐渐减轻

茉 莉

茉莉开在二十楼，一朵朵花
离星辰近，离尘世远

昨天，一个女子从阳台跳下
那是一朵反茉莉的花，留在
空气里的疼，将茉莉的目光剥得空荡荡

所有的花开，都像在打开一个结
——但这是徒劳的，所以
星星们只闪烁，从不开花，所以
花开一瓣，幽灵会在电梯里哭
花开两瓣，棺木会越过郊外的山岗
花开满阳台的时候，浓烈的香气
像锁链，锁着宇宙的秘密
而湘雅医院太平间里的男人
守着的静寂，像被遗忘的人间

每朵花都要努力在枝头站稳

因为一失足，空气就会疼一次，就会有人

沿着那疼提前回到天上

教　士

覆盆子灌木在秋天要被砍断
玫瑰花上的害虫被手指掐死
紫杉树篱要被剪枝
你一个人穿过花园
穿过妻儿和情人离开后的空旷

没有人替你数日子
叶子落一片，白发就长一根
大风狡猾，只从背后吹
走过的地方，等着人收集你刮落的羽毛和
一地腰痛，风湿，静脉曲张

转　世

冷风吹进来，我比她们先感觉到冷
我的蟹爪兰，铁海棠，相思梅，洋桔梗
她们每打开一瓣，我的寿命就减少一分
每掉一瓣，我就送走一个妖精或亡魂

二十一年后，父亲和情人们都不知去向
所有凋零的都被你亲手掩埋
裸露的脚踝淹没在大雪中
在那只红狐狸的眼睛里，你看见一个漂亮的女人
她穿着高跟鞋，在手掌上跳舞
除了她，不知道还有谁走在你身后

模 特

大街上的禽兽
衣冠楚楚
漂亮的婊子
裹得严严实实

只有你一丝不挂
用裸体接近世界
他们摸你脸蛋
强奸你臀部
你的脑袋断了
乳房成了两个窟窿

橱窗外欢声笑语
你性感的骨骼
被丢进垃圾桶

做　梦

患抑郁症的学生
喝醉的农民工
在楼顶做梦
他们看着自己跳下去
像看一个仇人毁灭

梦醒了，他们走下楼
带着酒精和疾病
为自己收尸

真　实

蹲十年监狱
出来就会自杀
挨打的左脸
永远不懂还击

我们习惯了这样的生活——
宴会上互相吹捧
医生对白血病人说
他还能活两个月
警察也自称圣徒

在酒吧和地下室
你能喝烈酒，跳艳舞
脱光，在水泥地上干
Fuck him，fuck winner，fuck country
Fuck life and yourself
除了神灵，没人听见

不允许你说真话的人

我想割掉他舌头

美丽的尸体

很不幸，你死了
不需要葬礼
不需要眼泪
把你泡在福尔马林里
眼睛明亮
肢体鲜活
你的皮肤光滑
头发和阴茎很漂亮
就像我在学校解剖室
看到的那具男尸

偶尔，你的灵魂飞出来
它残缺，破碎
被你使用尽了

钝　刀[1]

她的肉体雪白
在田野上打滚
温柔的猎物在
同类手下成为祭品
有镰刀的地方就是坟墓

“按住她，我回去磨刀。”他说
为了保命
她可以勾引他们
但他们更喜欢
看着流血的阴部打飞机

“后来呢?”我问
叔叔说磨刀的人八十岁了
我们坐在图兰朵咖啡馆
读报纸和网上新闻
它们比钝刀更令我害怕

---

① 1969年10月，湖南永州市新田县某村，小学校长夫人受到几个村民迫害。

泰晤士河

我们坐在黑暗里
身体里的河流发出响声
你说你要回班戈了
你叫我来看你和
你那只生病的边牧
我热爱这破烂的生活和故土
我热爱你怀着秘密的手指
别说话，点根烟吧
学我爸爸的样子
我两岁时
他在我掌心烧了个洞

一首恶心的诗

你不会喜欢这首诗的
它拒绝抒情，拒绝赞美
——题记

伤残农民工走过大楼的阴影
他们坐在黄兴南路的迪吧里喝酒
小姐喜欢他们臭烘烘的身体
穿白衬衫的服务员请他们抽烟
老陈喜欢看那些三点式美女走 T 台，跳钢管舞
他说："日子过成这样，真他妈舒服。"
上海罢工的的士司机都假装喝醉了
这里没有宵禁，有老鼠
它们张开爪子，等着那些不听话的猫
20 世纪的冤魂在新时代广场游荡
"你不能跨进一条河流两次。"赫拉克利特说
我闻到婴儿出生时的血腥味，我很开心——
妈妈患了宫颈癌，她再也不用生孩子
生不逢时的兄弟姐妹是无辜的，我很开心——

他们该

胎

死

腹

中

暗夜恐惧

教堂里传来午夜的钟声
我们必须做听话的孩子
看见野鬼飞翔不要出声
听见弱者的哭泣捂住耳朵
才能和他们分享星星
明天才有饭吃

我不能把头发染成金色
不能穿得太暴露
不能在网上说操他妈的
生气时也不能骂祖国
我不害怕做一个流亡者
但害怕我最爱的人会讨厌我
他将跟他们一起把我看作敌人

坟墓里五千个帝王都是垃圾
蚂蚁的白骨在月光下闪耀
我们只能在暗夜里做人

白天是野兽

爪子刺穿你的肉体

或者杀死我自己

抽　烟

想你

我一天抽了十根烟

肺腐烂了

我就可以少吸一口空气

把病痛和仇恨还给活人

把生命和善良还给死去的父亲

鸡　蛋

你是颗鸡蛋

鱼是你的母亲

风雨摧毁的生命都无罪

族类的骨头和刺在星辰下闪耀

上帝赤脚走在上面

没有把你捧在手掌里

你的命运跟他无关

深海广场

我们穿过 C 市街头
就像枪口下的难民
不敢说话
害怕惊醒沉睡的帝王

我们赤脚行走
身体里藏着关于亡魂的秘密
阳光照着生病的国家
也穿透贱民的血肉

那些发亮的骨骼性感，多刺
我闻到鱼腥味
我们都是鱼
健康，无害

阿布拉莫维奇

阿布拉莫维奇在
地下室洗刷骸骨
那么多骨头
生了蛆

阿布拉莫维奇没穿衣服
她敲着性感的大腿说：
“你们在阳光下睡觉
喝干净的牛奶
吃健康的面包。”

阿布拉莫维奇满身肮脏
幽灵从她耳朵，嘴巴
乳房里飞出来
她把生命切成七块
喂给它们

人皮绣

针管刺进皮肤时
我听到骨头在开裂，融化
文身师拨开伤口
我请他把肮脏，邪恶，恨和
被掩埋的一切
都放进去

这个春天，万物凋零
绝症患者
替健康的人做梦
你坐在森林里沉思
黑夜在你体内，闪耀

双鱼座

水穿过你的头颅

血洗净你的身体

父亲死了

哥哥远离人群

他们把剧毒留在鳍上

爱你的男人和女人用

牙齿咬你

不敢咽下肚

为了继续成长

你一口一口吞食鲜美的鱼肉

囚　笼

我爱你
你在笼子里吃水果和肉
在笼子里做梦
在笼子里完成一个男人的千秋大业

我爱你
爱你的肉体和思想
爱你的光环和权力
爱你的淫荡和自私

杀死我
以使你得到自由

| 附录 |

“多孔的蜂巢在掌心转动”

——关于文西的诗

◎霍俊明

文西这本诗集原本叫《个人宗教》，如果在词语的精神世界建立起与日常生活之间的对应关系，甚至抬高到“个人宗教”的程度，我更愿意将之视为具有敬畏心理写作的呈现。而“敬畏”——对词语和精神的敬畏——这一关键词已经在当下的诗歌写作尤其是自媒体语境下的青年写作者那里一再缺失。

与文西在2014年夏天《中国诗歌》的大学生夏令营上见过一面。当时我给这些校园诗人做了“诗歌与当下现实”的讲座。这样的话，文西也算是我的“学生”了。那几天，武汉的天气竟然没有往年那样的高温，甚至还有些惬意。那时对文西的诗歌没有太深的印象。后来她曾写过一首关于湘西的长诗《湘西纪》并将诗稿第一时间发给我看。在三亚的国际诗歌节上，当诗人们四散离会的时候，我和李笠坐在酒店水边的黑色椅子上谈起了包括文西在内的青年一代的写作。文西在2015年夏天来北京领奖的时候我并没有去现场，因为在我看来文西这样的年轻写作者需要的不仅是鼓励，也需要冷静自知的审视与冷静。

一个诗人的写作必须是有“精神出处”的，这在很多最初习诗的人那里更多体现为阅读与仿写，而对于文西而言这种“精神出处”在经过习作的黑暗期之后越来越呈现为个体视域的“地方性知识”。换言之，“湘西”的原生态空间与现代性和城市化之间的摩擦、抵牾和对话以及诘问在她的诗歌中成了一个精神底色。而这也是一个诗人支撑性的重要底座。也就是说，我在文西的长诗以及写作湘西的诗歌中看到了一个诗人的“出处”和精神资源。这对于年轻诗人而言具有不可替代的重要性。尽管诗人具有了词语和想象、精神自我的“出处”和“来路”，但是“湘西”的抒写今天看来已经具有了足够的难度和障碍。在文学史上抒写湘西的作家几乎是堵住了所有再次言说的可能性和路口。由此，再次抒写“湘西”就一定要具有比照和自我反思的姿态，一定要提供陌生性和发现性的东西，反之就容易成为符号化的模板仿写。文西给出的答案则是——“终有一天，这个地方将成为异乡”。在长诗《湘西纪》中我看到了一些陌生的、异质性的、抵牾性的东西，比如注释的部分和地方性关键词以及渐渐被这个时代遗弃的空间和物象，而这不仅是知识的更是语言被重新发现和照彻的过程。而这种地方性空间和知识很容易导致封闭性的诗歌结构，而文西恰恰已经在写作过程中呈现了相对的精神往返和打开性空间。也就是说在当下这个时代已经没有一个独立自主封闭的存在可能性和精神空间了，而恰恰是不同空间和声音瓷器碎裂一般的碰撞。文西的“湘西”就是如此，是黑暗与闪电的焦灼，是压路机和挖掘机与人体呻吟的并置，是湘西与外在空间的缠绕。由此，我最喜欢的是《井》《叫春的山猫》《赶尸》这样的带有精神“出处”的寓言性文本。这些诗不仅是文西个人的，更是湘西的——实有的、历史的、修辞的和想象的“地方性知识”。这种特殊的“知识”在我看来正在构成当下中国诗歌写作不可缺少的重要场域。这种“地方性知识”正在城市化语境下成为稀有知识，成为尴尬命运，成为写作者灵魂的“战栗”。与此相对照的则是，有些地方空间的写作甚至更为可怕地沦为了廉价平庸的文字消费和旅游手册式的拙劣展览。那口杂草丛生的污秽的古井与精神症候之间形成的隐喻将个体还原到生命的原生层面。而《叫春的山猫》《一截枯木》则不仅是优秀诗作，更是具有重要性和有效性的文本。人的本能与家族生死之间，魂灵消散与肉体发泄之间一起碰撞出深夜里的火光。这不关乎对错，最多只与乡村道德与边地伦理有关。对于写作而言，重要的是如何将空间、地理和地方性的知识转换为自我的语言能力。文西自称是见过鬼神的人，而在一个工具理性和科技力量正在全面僭越个体主体性和神秘文化的今天，这样的精神视界的写作者就必然具有了天然的尴尬性——这更像是一个“叫魂的人”——“失魂落魄”原来竟是如此现实。由此，“个人宗教”就诞生了！但是个体形态的宗教或精神乌托邦很容易导致一个维度的自我蹈溺而呈现为雅罗米尔式的精神偏执气息。从这一点上来说，文西还应该注意诗意呈现的多层次性以及词语和精神对话过程中的生成性和歧义性。这一过程不仅是逐渐撕开空间暗堡的过程，也是逐渐袒露和刺向精神渊薮的过程。这正像文西诗歌中那个手掌上转动的多孔的蜂巢，是甜蜜流淌的地方，也是精神刺痛和滋生的所在。也正如她诗歌中的那道门槛，曾经是神和祖先居住的地方，而如今则成了被追挽的黑暗的灰烬。有时候我甚至觉得文西在那些关于“湘西”的诗歌中成了一个为这一特殊空间画符咒的人——因为那些曾经的秘密、禁忌、敬畏和神秘正在一个现代性的空间里迅速而可怕地消失。但是这个继续在尴尬中画着符咒的人必须生活在“当下”，正如文西现在生活在长沙的现实生活一样，这必然是不断往返和折回的艰难过程。

而对于近期的短诗写作而言，文西给我留下的整体印象是黑冷的余烬。不能说文西没有在诗歌中呈现温暖和宽怀的一面，但是整体上她的诗歌是冷滞的、沉暗的、怀疑的。就如《长沙，烈日下的蝙蝠》一样，她是阳光下的黑色蝙蝠——这是一种比照，更是精神上的自况。文西的这些带有黑暗质地的诗歌不只是阴冷的，实际上她内心一直怀抱着炭火。只是它们偶尔的火星闪动被淹没在长长的黑夜里，而它们作为余烬的温度需要你走到文字的背后去感知。

像文西这样的年龄，几乎是同时被爱情和白日梦所一再“挟持”、缠绕、沉醉、唤醒和焚烧，其间的惊奇、疑惑、欣悦、失落、痛苦、撕裂、无着同潮水一样涨落起伏。《我们在大千世界里悄悄相爱》《等你老了》《我将不做任何事》《屋顶醉语》《一九九六》

中文西不仅呈现了身体与情感之间的个体经验和想象性寄托，而且那种情感因为携带了个体前提下的普世性和心理势能而具有了打动人心的膂力。那是大海边的蚌壳磨砺沙砾的声响，还有过早到来的“尘世间最后的寂静”。甚至我们可以说，有什么样的身体状态就必然有什么形态的诗歌文本，因为诗歌作为一种语言和精神形态应该是从诗人的“身体”和“感官”生长出来的，而非是寄生、嫁接或移植、盆栽的。文西的那些情感性的诗作大体是真实不加掩饰的。

与此同时，文西的诗歌中我比较认可的质素是女性写作中少有的力量感、坚硬的质地和反讽性——一个修建爱情花园的人手上必然是带血的玫瑰的刺儿。换言之，情感生活在文西这里不仅具有个人的私密性，还具有张力和悖论、反讽的戏剧性所带来的普适性力量——“流产后，她把孩子种在了花园里”。这是不祥的，戏剧性的，但又是超越了女性个体命运的战栗。文西也有像《灾难》这样所谓介入公共空间的诗作，但是一定提请其注意的是，诗歌的题材和空间并不是外在于诗歌内质的，也不是现实新闻化和笔记的表层记录，而应该转换为语言的过滤和灵魂激荡的过程。从诗歌空间上而言，文西的“湘西胎记”和一度的“边地”身份使得她对长沙这样的城市空间有着天然的排斥和不适感，在城市的境遇下文西的诗歌带有着尴尬的游荡者一样的分裂感。随着个人经验的推移，在兰州、太原、青岛这样的“一次性”的游历里文西也试图在寻找某种日常的诗意，但是这种诗意的寻找和呈现却因为主体性精神的不充分而导致了缺失和不足。这一点还需要多加注意和反思。

对于《十月太原》《七月神木》《纪念太原之行》《如果灾难发生》等这些诗，我觉得文西尽管有打开自己诗歌视界的努力和寻找开阔性的一面，但是平心而论，这些诗歌的完成度并不是太充分，因为历史、性别和地景的处理不仅需要经验和情感，更需要个人化的历史想象力和求真意志。相反，就文西现所揭开的诗歌精神视域而言，她处理起女性家族的《封存》《伤疤与密码》《拦路的蛇》《喊魂》《一截枯木》《两代人的爱情》等诗歌更具深入黑暗场域的能力和再次叩问的女性主体性精神。尤其是这些诗歌中的细节和场景如晴空下的一个个玻璃脆片，闪亮、冰冷而疼痛，“每当走过那段上坡路/我就想起她捧着玻璃瓶去给父母送水/穿着陈旧的凉鞋，在太阳下走得小心翼翼/摔倒时，她没有觉察到/一块玻璃渣划进瘦弱的脚踝//她把一块玻璃渣带走了/带着玻璃渣在远方结婚”。

而在个体经验和空间转换中，文西正在经历生命和语言的双重成长和淬炼。这种未定型和未完成的状态同样体现在她的语言和诗歌中。其中有些诗能够看出诗人诗歌阅读的印记，尤其是异域的阅读而形成的诗歌显然具有某种寄生性的声音，这当然是每一个写作者都多少经历过的阶段。但从真正的诗歌写作而言，这种诗歌声音最终并不是可靠的，因为这一声音并不纯粹，甚至是被制约化和定型化的声音。这仍然还是在寻找的过程，而对于文西这样的年轻诗人而言所需要的并不是诗歌的真理或者一个所谓的方向和答案。因为对于正处于成长期的文西而言，我们最好的方式就是注目。她和同时代的诗人一样需要的不只是理解，更是个人的写作能力和精神持续性。

那个边地的火塘，有闪动的火焰也有冷彻的灰烬。而那个手心里转动的多孔的蜂巢既带来了最初的蜜甜，也因小小的探针持续性刺痛而不停战栗。如果一个人的诗歌必然有一个精神支点的话，那么文西的诗歌底座在哪里呢?

2015 年夏天，北京

简介：霍俊明，诗人、评论家，现任职于中国作家协会创研部，中国现代文学馆首届客座研究员，首都师范大学中国诗歌研究中心兼职研究员。著有《尴尬的一代：中国 70 后先锋诗歌》《变动、修辞与想象：当代新诗史写作问题研究》《无能的右手》《新世纪诗歌精神考察》《从广场到地方》《中国诗歌通史》（当代卷）等。著有诗集《一个人的和声》《京郊的花格外衣》等。主编《青春诗会三十年诗选》《诗坛的引渡者》《百年新诗大典》《无端泪涌——陈超诗选》《年度中国诗歌精选》等。曾获“诗探索”理论与批评奖、首届扬子江诗学奖、《南方文坛》年度论文奖、第九届“滇池”文学奖、《星星》年度最佳批评家、《诗选刊》年度诗评家、“后天”双年艺术奖评论奖、首届德令哈海子青年诗歌奖、首届刘章诗歌奖等。